올레, 그 여자

박홍우

오비올프레스

◆시인의 말

헛헛한 세월 속에서
늘 헛발질,
따사한 봄 햇살에 문득 기대어 본다.

올레, 그 여자

차례

1부

2부

3부

4부

1부

오늘도

누군가 요즘 어떻게 지내냐고
물어온다면
느려지고 있다고
아주 조금씩 천천히 허물어져 간다고
그래서
느려지는 것과
허물어지는 것들 사이에서
아주 서서히 친해지고 있다고
그 누구는 남고
그 누구는 사라지면서
변해가는 것들과
변해버린 것들 사이에서
아직은 살아있다고

그걸로 삶은 충분했다고.

무상

머물고 있는
녹음

바랜 듯
파란 하늘에 매달려

짧은 햇살
들녘에 걸쳐놓고

생각 속 빛으로
떼밀고 있다

구름 가듯
가뭇없는 발자국

그리 살라 한다
가을이.

월정사에서

어딘가에 숨긴 세속의 숨결
하늘 가린 전나무 숲길 따라 걸으면
저 빗소리 고요하게 들을 수 있을까

만월산 골짜기 세찬 계곡물
금강교 다리 난간에 기대어 들을때
가슴 속 깊은 상처를 씻어주는듯
우렁찬 소리, 소리들

두 손 모으고 구층 석탑을 돌아보는데
울컥울컥한 마음
크렁크렁한 눈
까마귀도 까악까악 알아주는가

입추 지나면
푸른 숲 선재길 따라
향기 물큰 붉은 싸리나무 꽃
소담스럽게 피겠지.

가슴에 머문 들꽃

여름으로 가는 길목
땡볕 아래 수줍게 피어있다

배곯아 연상된
계란 프라이 같은 망초 꽃

뜨거운 열기
아랑곳 하지 않고 한가롭다

짧은 기억
잠시 들추어진 지난 시절

무딘 세월
잊어가지만 누구냐고 물었다

돌아 갈 수 없어서
성숙한 얼룩으로 남았는데.

머물지 않고

갈색 조각들
허공을 떠다니고
잘려진 벼 포기들 수런거리는 소리

쓸쓸한 것조차
흔적으로 남아 백기로 투명해지는데

시작과 끝으로
달려가는 무연한 그림자
각색되지 않은 정물화로 남는다

꼭 그만큼 짧아서
누구 것인지 알 수 없는 낯선 이 계절
있는 그대로 포옹해본다

가을 길 잃었다.

꿈

가을을 가르는 소리

시월 짧은 해 따라
억새꽃 날릴 때

숨 쉬는 것
묻지도 않는데

뒷동산
가시 날선 밤나무

휘어진 햇살
야윈 가지 끝

여름 지나
숙성된 그리움

누구를 기다리나
임자 없는 사연

하늬바람
사라지는 꿈 꾼 듯.

제비꽃

도시의 탁한 봄바람도 바람이든가

보도블럭 틈 사이 조그마한 꽃송이
제법 하늘거리는
계집애 닮은 그 꽃
눈을 사정없이 끌어당긴다

깜박깜박 눈이 빠지도록 쳐다보는데
안절부절 당혹스러운 가여움
딱한 끌림이다
보도블럭에서 꺼내
화단으로 옮긴다

안도의 한숨
예쁜 꽃,
울타리가 쳐진 아늑한 흙더미가
지평선의 전부였다.

그날의 기억

바람 찬 시냇물 따라

하얀 갈대숲 우는 소리

끝없는 여정 저편 너머

오랜 시간 바라보지 못한 채

꽃잎 하늘로 날려 보낸 날

움켜진 어두운 그림자

하늘 다 씻고 지나가버린 시간

세상 길 잠시 잃었나 보다

날리면서 한 계절 흘러가도 좋을까

가슴으로 껴안는 그리움

말없이 두고간다

흔들리는 가을 모두를.

고향에 가서

달빛 하얗게 내려앉는 밤
다랑이 논길 걷는다
벼이삭 줄기 따라
밤이슬 구르고
개구리 울음소리 애간장 녹일 때
문득 아련한 추억이
촘촘한 그물에 걸린다
호롱불 아래 마을 친구들
달궈진 구들장 등에 짊어진 채
밤새도록 도란거리다
부추호박전에 막걸리 몇 순배
젓가락 장단 두드려가며
흥에 겨운 노래 가락에 빠져든다
무심한 달빛
뚝뚝 떨어지는데
마닐마닐한 고구마
동치미 국물에 신 김치 곁들여 먹던
가슴 써레질하는 고향
그립다 그 맛.

추억으로 가는 길

오이도에는 길게 방파제만 있을 뿐
작은 해수욕장 갯벌로 변하고
잊혀진 그리움만 남아있다

지난 날 그 곳까지 가는 길
산허리 고개 넘어 백사장이 나왔는데
도로와 방파제에 묻혀버린 곳
철조망에 가로막혀 넘어갈 수도 없다
기억 속에서 사라진지 오래다

화려한 횟집들만 자리한 채
눈에서 지워져버린 작고 예쁜 백사장
세월이 흘러도 지워지지 않는
가슴 속에서 별이 되었다

아슴한 기억
수평선에 걸친 낙조에 조금은 남아있을까
작은 모래톱이 사라졌다.

전나무 숲으로

정해진 시간에 일어나
따뜻한 커피 한 잔으로 몸을 풀어본다
반복되는 업무와 미팅
나른한 하루의 퇴근길
일상에서 멀리 벗어나고 싶다

침대 위에 휴대폰을 던져놓은 채
집을 나선 혼자만의 탈출
깊은 산 속
빼곡히 늘어선 전나무 숲으로
물오름 꿈꾸듯 느릿느릿 걸어본다

잠적한 세월의 흔적을
호주머니에 넣을 것도 아닌데
지속할 수 없는 자유
가벼운 발길이 점점 무거워진다
가슴 한 구석 답답한 것은 왜일까.

허망

시간 쫓기다 무작정 쪼그려 앉은 컴퓨터

행간 어디쯤에서
갈 곳 잃은 시어 헤매다가
새벽 알리는 알람 울릴 때 완성된 시 한편
향긋한 커피가 생각난다

어렵게 써 내려간 시
졸린 눈 반짝 행복한 미소
묵은 감정 털어버린 것처럼 홀가분하다

이팝꽃 활짝 핀 오월의 아침
오늘을 죽도록 사랑해야겠다.

지금만큼

줄기차게 내리는 빗방울

시간에 묻어와

생채기 할퀸 바람 긁어모을 때

시냇물 흐르다가

푸른 갈대숲에 묻혀

한 계절 내달리듯 지나치는 소리

고즈넉한 가슴 속 머문 채

휘어진 햇살조차 남의 것인 양

오롯이 오늘로 남는다

여름내 태운 불꽃

하늘로 날려 보낼 때

지금만큼

하루를 사랑할 수 있을까.

이 좋은 날에

긴 꿈속을 헤맨 듯
전자음 소리
택배 도착했다는 문자

현관문 열고
서로 대화 나눈 지 언제던가
뜨거운 여름은 혼자 낯설고
초인종 가볍게 한번 울린다

자고나면 확산되는 바이러스 앞에서
새장 속에 새들 마냥
혼자서 문자만 주고받을 뿐이다

조각난 시간들
익숙한 듯 소독약에 그저 취해나 볼까
세상 참.

고사목

더는 자랄 수가 없어
하늘 끝 다가서다 멈췄다
우듬지 손 대고 만져 볼까
부서지고 떨어지다 남은 가지
하얗게 성긴 상처
삶 내려놓은 지 오래인데
멋대로 자란 들풀
제 몸인 양 휘감고 오른다
겨울 오면 함박눈 쌓여
마른가지 물 다시 오를까
봄, 기다려본다.

회상

바람소리 뒹구는 산골마을
울타리 없이 가까이 기댄 두서너 초가집
가까이 흔들리는 호롱불

함박눈 텀벙텀벙 내리던
어릴 적 겨울날
잦아든 바람 속으로 노루 뛰어가는 소리

세월 흐른 지금
옛 추억들이 창밖을 흔들고 지나갈때
묶여있던 시간 자유스러웠을까

차가운 겨울밤
문득 이슬 맺힌 그리움 속에서
고구마 익는 냄새 그립다.

낙엽을 보며

한적한 공원길 따라 걷는데
어디선가 고구마 굽는 냄새
입동 지나 추워지려나

된서리 소리 없이 내리고 있을 때
소스라치게 놀란 낙엽
우수수 날리다 벤치에 몰려와 앉는다
마른 몸 아직은 살아 있음이다

바라보는 하늘 긴 침묵 속에서
언제일 수 없는 만남
아직도 못다 지핀 지난 이야기들
서걱서걱 서로 몸 부대끼며 소란스럽다

긴 시간 아니었어도
그래도 한 세상이었으니
그리움 조금은 남았을까
시린 바람 등 떠민다

텅 빈 벤치
비켜난 햇살 한 자락 목에 두른 채
누군가 앉아있다
겨울이었어.

2부

시인의 집에서

호수 닮은 바닷가

시인의 아름다운 카페

어스름 저녁

오선지 불꽃이 타오르고

피아노 연주에 가슴을 열어본다

창가에 걸터앉은 빗물

바닷물에 그려진 동그라미

그 속에 잠겨드는 시어들

가을비 줄기차게 내린다.

돌하르방

수백 년 푸르게 물든 한라산 아래
벙거지 쓰고
검게 그을린 채
두 팔 배에 얹고 묵묵히 선 석상

커다랗게 부릅뜬 눈
결연한 의지를 보이는 그 모습
섬을 지킨 게 아니다
섬이 그를 지켰을 뿐이다

푸른 제주는 제 말만 하는데
언제까지 기억에 남을까
그대는 누구신가요.

다시 오지 않는

파도가 밀려온다

한적한 백사장
누군가 남기고 간 발자국
하얀 물너울 따라 씻겨나간
그러려니 버려진 흔적

지우지 못한 시간 찾아 헤매는
사연 묻어두고 싶었던 건 아닐까

활활 타오르는 태양
가까이 불사르지 못한 채
오랜 장마 끝자락
건들 갯바람 음력팔월 비워간다

거절도 마다한 계절
바다 속으로 깊이 숨어든다.

갈매기

눈부신 하얀 포말

바닷물이 밀려간 바위에 서 있는

잿빛 날개

하얀 털 사이 둥근 눈

예쁜 노란 발

꼭 다문 노란부리 햇살에 반짝 거린다

거칠 것 없는 바다에서

날개 힘차게

광활한 하늘 길 가르며

푸른 파도 품에 안은 견고한 영역

저 바다 아는지 모르는지.

봄비 오는 날

조용한 카페에서 커피 한 잔 시켜놓고
테이블에 놓인 시집을 펼치다 주인과 마주한다

엷은 미소
그의 눈 속에 시가 녹아있고
눈앞에 다가온 정원 닮은 잔잔한 풍경
조천 앞바다 자맥질하는 물오리 앞에서
물고기들이 시어로 튀어 오른다

파도소리로 삶 자체를 다독인 채
숨 고르는 시인, 올레 그 여자

수평선 너머 가물가물
나긋나긋 줄기차게 내리는 봄비
어느 하루쯤 거르다
잠시 머문 낯선 나그네를 기억할까.

향유

햇살이 옅어지는 빈 하늘 적막한 그늘아래
계절과 계절 사이에서
고적한 시간이 흔적으로 채색된다

새별오름* 완만한 능선 너머
속울음 한나절 숨죽인 쪽빛 하늘 따라
옅어진 햇살 조각조각 흩어질 때

바람결에 흔들리는 억새물결들
화려하게 피워본 적도
땅으로 떨어져본 적 없어
더 외로워질 뿐

덧없는 삶의 유혹
시린 눈빛처럼
은빛 그리움만 허공에 날린다

* 제주도 애월에 있는 산

누구와 누리다가 언제쯤 안을 수 있을까

푸르게 물든 시린 이 가을을.

보내고 싶진 않지만

깊어가는 가을 속으로
한 걸음 두 걸음
서리꽃으로 덮힌 감나무
마디마디 붉어지다가
더 붉어진 채 울음 터진
눈부신 외로움
찬바람 품은 채
흩날리는 붉은 낙엽
덜커덩 내려앉는 가슴
어쩌라는 건가

하얀 그리움 남을까.

귤

한적한 길가
현무암 담장 마다
설득당하지 않는 세월
정적 속에 묻어버리고
알알이 노란 꽃 겨울지문으로 남았다

거친 바람, 푸른 파도소리 간주되어
자연 속의 축음기 바늘은
여전히 세월을 비껴 돌아가는데

잎새 가지가지마다
얇은 막에 쌓인 노란 즙 흐르기도 전
달콤한 향 톡톡 터지는 소리

뉘라서 암팡지게 깨물 수 있을까
굳이 포크가 아니어도
이 세상을 사랑한다는 듯
그 향기 입안에 녹아 목이 간질거린다.

소라껍데기

아득한 수평선 따라
고향 그리운 노을 하늘 따라
소리 없는 울음 얹혔다

내려놓을 수 없는 한의 무게
침묵에 실어
가고 싶어도 가지 못한 채
바람 속 배회하는 속울음, 쉰 소리

아득히 잃어버린 시간 속에서
아픈 가슴 안고 꿈을 접은 빈 몸,
그림자로 세상을 등지고 있을 때

파도가 떠나버린 백사장 따라
생의 겹겹
하얗게 빈 누더기 훌훌 벗어던지고
힘겹게 물오름 꿈꾼다

속으로 속으로만 웅웅거리는 영혼의 울림.

지평선

아래배미 윗배미
다닥다닥 붙은 논 자락
어린 모 뿌리
땅 맛을 알아 더 푸르다
한층 굵어진 빗방울
통박 두드리는 듯 요란한데
개구리 목젖 부풀은 울음소리
벌써 어스름 해지는가
저 멀리 보일 듯 말 듯
아스라이 보이는 끝자락에
머무는 바람
지우고 남은 것들
누구를 기다리고 있나.

바닷물이 짠 이유

밀물 따라 검은 갯벌이 드러나고 작은 게들은 세상을 너무 알고 싶은가 보다 두 눈을 길게 뽑은 채 두리번거리다 동에 번쩍 서에 번쩍 몹시 부산스러운데 가까이 낙지가 더듬더듬 긴 발 구멍 바깥으로 내밀 때 먹이로 착각한 게들이 물어뜯는다 놀란 낙지 펄 바닥에 멀리 내동댕이치고 엎어져 바동거리는 게들 이를 바라보는 바지락들 깔깔거리며 배꼽잡고 웃다 오줌을 여기저기 갈긴다 바닷물이 짠 이유 이제 알겠다면서 거품 문채 구멍 속으로 사라질 때 썰물이 다시 밀려온다
아무 일 없던 것처럼.

바람의 언어

어디에서 오는지 모를
상상력을 위한 희미한 침묵의 어휘로
허공에서 닳을 법도 한데
파란창공 향한 눈길 피한 채
가로질러 지나가는
무변의 찰나만 애써 남는가
서로 끝나지 않는 여정
하루를 위한 가쁜 날개짓
쉼 없이 뒤척이면서
낯선 감정만 오고가는 세상
정신없는 하루
헛것들의 흐려진 대화 속에
소리 저 너머의 소리를 듣는다
잠시 머물다 가는 바람의 글
그런.

비가 세차게 내리는 아침

커피 한 잔 마시다가
문득 보고 싶다고
여기는 한적한 카페라고
누구라도
문자 보내온다면 좋겠다

산자락 좁은 길섶
유월의 저 푸른 신록 보다는
너의 환한 얼굴 바라보며
대화를 나누고 싶다는
그런 거짓말이라도

아직도 창밖에 비가 내리는데.

가시거리

들꽃으로 꾸며진 실내
거울 속에서
한껏 성숙한 여인과 풋풋한 여고생이
겹쳐 보인다

조금 불편한 걸음에 모나리자 닮은 미소
가끔씩 서로 눈 마주쳐도
그녀는 전혀 알아보지 못하는 눈치다
수많은 세월이 흘러 감정 무디어졌을까
미용실 주위를 돌고 또 돌아봐도
지난 날 꿈 많고 청순했던 학창시절
사랑의 꽃 편지 보내던
지난 사랑은 돌아볼 줄 모른다

빌딩 숲 사이로 추억이 걸어가고 있다.

공원 나들이

하늘은 푸른 물감을 풀어놓고
구름 한 점 없다

오후 햇살 담은 풍경화 속에서
바람이 불때마다
도시락 위로
노랗고 빨간 가을이 내려앉는다

그 향기에 묻어볼까
고운 색 눈에 담아본다.

꽃샘추위

우수 경칩이 지나고
마당 가득한 햇살
봄기운이 완연하다

청 매화꽃 수선화 꽃향기는
햇메주 담가놓은 장독을 넘나들고
동장군 머물다 떠난 자리마다
연두 빛 선명해 진다

한 계절 변심이 저리 아름다울까

물러가는 척 하다가 슬쩍 돌아보는 추위
시베리아 고기압 심술보 터졌다
너무 일찍 피운 꽃 혹시 움츠리고 있을까
곧 명자 꽃도 필텐데
영등할망*에게 빌어야겠다
며느리 말고 딸을 데려오라고.

* 제주신화 바람의 신

3부

달빛

불빛 하나 없는
어둠 속 삭막한 둑길 걷다보면
외로운 울림
은은하게 퍼지는 저 건너

고적한 찬바람
갈래갈래 흔들림으로 다가올 때
눈 속 가득 아련하게
차오르는 영혼의 눈빛
밤하늘에 떠있는 달그림자
어두운 그늘 따라가다가
옆자리 별 하나마저 희미해져가는 데
끝내 무언가를 잃어버린 것 같은
뭉클 저미는 허전함
기어이 울컥울컥 봇물 터지고,

겨울밤은 춥고 낯설기만 하다.

초록이어서 슬프다고

굳이 가을은 또 오고 말았다 찬란한 여름의 허영을 벗어
던지고 단풍잎 갈퀴손 빨갛게 달구어 놓은 채 스러지는
별 하나 가슴에 안고 먼 길 떠나는 모양새다 갈길 알면
서 애써 붙잡고 싶지 않지만 마른 잎사귀를 꼭 움켜지고
있는 것이 아직은 미련을 버릴 순 없나보다 떠밀고 보채
는 바람 따라 시월의 명징한 햇살이 수군수군 대는 소리
가 멀리 퍼진다 눈과 코끝이 잠시 흔들린다 얼마 남지
않은 태동소리가 멈출 때 어스름한 냇가 둔치는 초록
대신 구절초 마른 꽃잎도 품을 수 있을까 그리움이 풀숲
에서 몸살을 한다.

열쇠

성냥갑을 다닥다닥 붙여놓은
아파트 통로를 스치며 지나는 이웃들 모습
얼어버린 듯 무표정한 로봇을 닮았다

뚜벅뚜벅
집이 가까워진다는 것은
문짝이 내미는 녹슨 상처
날카로운 초인종의 공허한 질문
덜컹거리며
문이 열리는 둔탁한 대답을 기다리는 일이다

찰카닥,
차가운 금속성 마찰음 속에서
공간으로 후다닥 뛰쳐나갈
외로움이 외로운 자리를 만들고
낯선 침묵으로 남는다

이게 삶인가
나갈 수 없는 초인종을 다시 누른다.

허수아비

밀짚모자가 그리 소중한지
삭아버린 끈을 놓지 않은 채
덩그러니 무슨 생각 그리 골똘할까

혼자 서서 스산한 들판을 바라본다

벼 포기 잘려 나간 텅 빈 숨소리 따라
모처럼 참새 떼가 빈 들판을 헤집고 다닐 때
바람 때문에 흔들거리는 줄 모르는 듯
혼비백산 정신 줄 풀어놓은 채 줄행랑이다

깊어가는 가을 앞에서
낯선 것도
외로움도 할 일이 생겼다는 듯
갈바람에 그리움 실은 편지 하늘로 띄워본다

적막을 견디는 힘을 키우고 있는 중이다
혼자가 아니라서.

소리

스산한 들녘
가까이서 들려오는 마른 풀들
깔딱거리는 한숨소리

또 짧아진 해시계
옅은 푸름까지 던져버린 채
부질없이 서걱거리는 풍경
가슴 속에서 바스락 거린다

바람이여
함께했던 짧은 시간들을
스스로 침묵한다면
가슴 가득
그리 기다리지 않는 저 끝 멀 텐데
가는 길 묻지도 않는다

계절은 햇살 한 자락 끌고 가면서
굴렁쇠 잘도 굴러간다.

뒤집어보고 싶다

밀가루를 반죽 한다
쳐대고 또 쳐댄다

상 위에 밀가루를 뿌리고
덩어리를 밀대로 펼친다

펼친 반죽을 가지런히 겹쳐
말아 놓고 얇게 썰어
바지락 육수에 털어놓고
주걱으로 살살 저어준다

시원하고 맛깔스런
칼국수를 만드는 것처럼
마음대로 할 수만 있다면
하아,
세상을.

공원에서

이팝나무 푸른 잎 사이로 훔쳐보는 하얀 달

두려운 것은 눈, 눈
보이지 않는 심장은 따로따로 쿵, 쿵

가난한 연인들 한적한 벤치를 찾아
숨어 포옹하고
진한 키스로 정염을 불 태운다

귀밑까지 통째로 달궈진 감정
콩 만 한 사랑 한껏 부풀어 오를 때
몸을 던진 검은 산 그림자 울타리

온통 열기 가득 찬 그 사이길
흐드러진 꽃밭가득 분꽃 자리한 호수
물풀 비린내 진동하는데
이래저래 뜨거워진 밤의 열기

가로등마저 깜박깜박 졸고 있다.

여름일기

벼이삭 풋풋한 다랑이 논
소나기 걸친 진한 초록 산 그림자
다시 적신다

허공 맴돌던 바람소리
생풀 단숨에 허리 꺾어 눕히고
그쳤다 다시 들려오는 우르릉 대는 소리

그냥 지나칠 수 없어
막무가내 속가슴 뒤집어버린 작달비
무엇을 버리고 다시 채우는가

태풍 끝머리 길 잃은 날들
알싸한 싸리 꽃향기 속에
계절은 지치도록 저리 푸른데
배반할 시간 자박자박 입추가 다가온다

아직은 걸어가고 있는 중이라고.

어처구니없는 날

빗물과 미세먼지로 찌든 차를 손세차하고 내친김에 강릉
푸른 바다를 향해 악셀레이터를 밟는다 고압 세차기로
시원하게 세차를 하니 기분까지 상쾌하다 황금빛 논자
락과 단풍이 곱게 든 가을 산을 지나는데 뜬금없이 빗방
울이 떨어진다 대관령 터널을 지나면서 잔뜩 흐린 하늘
에 비는 쉬 그칠 것 같지 않은데 순간순간 변하는 날씨에
차는 다시 지저분해지고 기분까지 더럽다 흥얼거리며 세
차를 한 보람이 없다 코어박스에 오백 원 동전을 쏟아 부
어 결국 기우제를 드린 셈일까 쓴 입술 자근자근 깨물어
본다 비와 피를 부른 제사를 지낸 날이다.

소만

바람에 스러진 오월
붙들어 놓고
놔주고 싶지 않았는데
꽃향기 멎었다

물동아리 터진
산 속에서
뻐꾹 뻑 뻐꾹
가슴 끝 달아오르는 소리

햇살꼬리
길게 끌고 가는 풀 향기
아카시아 꽃망울
방싯거릴 때

초여름으로 가는 길목
온통 눈부신 초록
허락도 없이
눈이 먼저 반긴다.

초가을

파란 하늘 하얀 구름
시간이 내 달린다
보라 꽃 피는 초가을
긴 장마철에도 살아남은 벼 포기
틈틈이 벼꽃 피어오른 채
이삭 패어 고개 숙인다
나락 익어 갈 날 아직 아득한데
여름내 물이 오른 신록
벌써 가을 날개 짓 훔쳐보는 걸까
말복 지나고
어제와 다른 서늘한 바람
해 그림자 따라가려는 듯
한순간의 화려한 몸짓
파란 옷고름 풀어 헤친 하늘.

삼월

구름처럼 몰려다니던 참새 떼들
짹짹거리는 소리에 빗장 풀렸다

작은 생명들 몸부림
세상 다툼이 한창이다
땅바닥에서 기는 황금빛 복수초
하얀 꽃잎 내미는 노루귀
속살이 훤히 보이는 가녀린 꽃대 바람꽃
순서 없이 봄소식 전한다
동장군 두렵지 않다는 듯
때맞추어 꿋꿋이 피는 삼월 꽃무리
지지직거리는 봄 한창 난상토론 중이다.

담쟁이

회색담장이 살갑게 내어준 길
시린 줄기 저 어린 것들
봄 밀쳐낸 햇살 걸친 채
제 몸 빌려 하늘 향해 기어간다

거친 시멘트 가시 되어 몸 긁힐 때
서로 몸 맞대고 비벼가면서
청라 커튼 예쁜 액자로 남는다

부름도 없었는데
푸른 잎 담을 타고 넘어가다가
홑겹 여름과 마주한다

하늘에 끝내 닿지 못하는걸 아는 걸까
향기 없는 몸 길게 끌며
혼자 피었다 지는 들꽃 닮아가는듯

푸른 잎 저리 고운데
갈라진 줄기 어디 잡고 비벼댈까
바람 늘 제멋대로인데.

무지개

소나기 지나간 하늘을 바라본다

비구름 속에 숨어 있다가
스스로 보일 수 없어
햇살 눈먼 고통 끝에 산란한 방울방울 수적

지평선 너머 기다리던
현란한 분광이
파란창공에 걸쳐 영롱한 날개를 펼친다

닿을 듯 손에 잡으려 하지만
아랑 곳 없이 헛손질뿐이다

떠나고 있다

선명한 입술 자국인 듯
빨주노초파남보 일곱 빛깔
축복인 속눈 멋대로 너울거리고

빛바랜 꿈 사라졌다
어디로 갔을까.

상사화

서로 볼 수 없는 그리움에 지쳐서 기린 목 되었다

고운 얼굴 한번 보지 못한 채
다정한 눈길 어디로 갔나
이미 가버린 그대 보이지 않는다

봄 내내 소담스럽게 꽃망울 틔어
기다리는 허전함
화단 울타리 넘어 불어오는 쓸쓸한 바람 안고
한없이 한없이 눈물 짓는다

그 바람
사랑하는 그대 푸른 잎이었으면 좋겠다
잠시도 이룰 수 없는 사랑

떨어지는 꽃잎 마디마디 그리움 전한다.

우산

얼기설기 늘어진 논 자락

여린 모는 벼가 되고

분얼되어 옆으로 몸을 부풀린다

온통 푸른 논바닥은

틈조차 보여 주지 않고

뿌리가 한창 뜨겁게 달아오를 때

포기는 하늘 향한 채

연기 피우지 않는

기우제 지내고 있는 중이다

목이 탄다

불볕더위 한 여름

목이 마른 벼 포기는

물이 그리워 조금씩 지쳐가고

여물어 가려는 염원

서쪽 하늘로 사라진다

우산을 쓰고 싶은데.

근시안

지난 시간을 더듬어 본다
어제, 그제 그리고 그 이전의 일상들

침묵 지나간 자리에 다시 침묵
가지런히 놓인 순간이 들썩인다

들여다 볼 수 있다면
촘촘한 그물 빠져나간 기억 다시 돌아볼 텐데

흔들린 채 멍하니 흘러가버린 먼 기억 속에서
지나가는 바람소리 들려 올 때

살아갈 날보다 살아온 날 더 많은데
멀리 달아나지 마라 한다
그저 지나가는 바람인 것을.

4부

해바라기

날개 활짝 펴고
달아 오른 열기
푸른 잎에 모아
한 곳만 바라본다
가벼운 몸짓
붉게 타는 가슴
그리운 마음
사랑꽃으로 피었다.

길 위에서

늙는다는 것은 뒷걸음일까
하루하루 온 힘 다해
먼길 묵묵히 걸어왔다

갈길 정해놓지 않은
시작이라는 희미한 삶 앞에서
굽은 달만큼 살아온 인생
남은 시간 애써 부정한 채

뭉텅뭉텅 하얗게 묻어나
다시 돌아갈 수 없는
가야할 시간 얼마 남지 않았는데
늙었다, 그 한 마디에
그믐달이 따로 있나
휘어진 등이 더욱 허허롭다.

가는 세월

메마른 언덕에 홀로 선
옹이진 마디 나목 빈 가지에서
이미 떠나버린 가을
곳곳에서 낙엽 그을린 냄새가 난다

어제 젊음 한 조각
짧은 시간 종종거리는 잰 걸음
변한 듯, 변하지 않은 듯
그리움 들킬까

옷깃을 여미어도 가슴 시린 이별
마른 진혼곡 슬픔 날리고
흩어지는 하얀 눈송이마저
버리고 또 버리는 아쉬움이다

가는 세월에 또 한 계절을 얹어
밀어내는 쉼표의 정적
사르륵사르륵
바람꽃마저 숨죽인다.

꽃비

찬바람 따라 내린 눈 아프다 할 새 없이 자지러지더니
꽃샘추위 마다않고 잎새없이
꽃을 피운 채 부대끼며 흰 저고리 열었다

가슴 한 편 고운 빛 아련한 몸
화끈 달아올라 눈이 부실 때
한 철 뭉텅뭉텅 그리운 만큼 서성거리다 나서는 길

햇빛 받으며 꽃잎 무리지어 날리고
애써 웃음 짓던 모습
필 때와 질 때 서로 등 돌려 본 적 있을까

연두 빛 여린 잎 앞에서
불러도 가슴 아득한 이름 모를 흔적
분홍빛 아픈 꿈만 남는다

세월 뒤에 숨은 흐릿한 실루엣 지나가는 봄 그늘에서 다
시 기다려본다 또 다른 나를
봄이 저만치 또 홀로 걸어간다.

억새꽃

작은 언덕 저 넘어
길도 없는 허공 속 갈바람 흔들어 대고
계절 따라 풀려난 세상
수풀 한 쪽 새 울음소리

먼저 날렸을 하얀 꽃잎
남은 발걸음보다 마른 눈빛 들어
허공에 마침표 한 점 찍어야 할 시간들
가을은 알고 있을까

싸늘한 쪽빛 하늘아래
촘촘히 서로서로를 붙들지 못한 채
간직한 그리움
푸름으로 돌아갈 수 없다는 서툰 몸짓

아직은 떠나지 못한 사연 있는 듯
시린 아쉬움일까
겨울로 가는 문턱
댓잎마저 서러운 속울음 터트리는데.

가로등

총총히 흩어지는 수많은 별똥별들
눈도 깜박이지 않는 적막 속에서
희미한 그림자 하나
앞서거니 뒤서거니 지친 발길과 동행한다

거리를 걸어간다는 것은 혼자만이 아니다
이미 기다림조차 아닌 듯
서로가 바빠지는
아슴한 불빛이 하루의 주름살을 폈던가

평온하게 익어가는 시선 따라가 보면
밤의 언어에 길들여진 시간들만 뭉텅이로 남는다

저 불빛 아래
빗장 풀고 오늘을 닫는 일만 남았다
모두 다 같은 삶이다.

언제나 그랬으면

아무 일 없다는 듯
저녁을 들고
음악을 들으며
커피를 마신다

하루가 저물고
포근한 밤이 스미는데
오늘은 가슴 칠 일 없었으니
다행이라고 해야 할까

휴대폰 내려놓고
창가에 서서
오래 밖을 내다본다

아, 꿈이었구나.

꿈결

달빛어린 호숫가에
하얀 꽃비 눈부신 듯 날릴 때
꿈결인가

사랑하는 이 손잡고 산책 가는 길
꽃이 고울까 그녀가 고울까

그녀는 꽃
꽃은 그녀라고
향기 실은 실바람 코끝 간질거린다

그녀의 맑은 눈 속 잔물결 반짝이고
가슴 가까이 바스락거리는 봄밤

배동* 오른 사랑
꽃잎 춤사위 아직 끝나지 않았는데
그 속에 외로운 사랑 담았다
지난 모든 것을 잊고서.

* 곡식의 이삭이 나오려고 대가 불록해지는 현상

노을빛

수평선에 걸머진 상기된 흔적을 바라보면서
빠르게 지나간 하루를 되돌아본다

바이러스로 침몰 중인 현실
돌부리에 걸리고 또 태산에 치어
속이 부글부글 끓어오른다

털고 털어보는
절망, 후회, 나태까지 마음대로 저장한 시간
가슴 속에 휴지통이 있다면 훌훌 버린 채
거침없는 소망, 가볍게 훨훨 날고 싶다

덕지덕지 기운 누더기 삶
구름사이 붉게 사라지는 어스름 따라
다시 쳐다본 수평선 끝자락
높게 일렁이는 파도도 발갛게 달아있었다

나약한 인간들, 아아
어쩌다가 그리 안간힘이라니.

이별

하루를 떠난 햇살
타다말다 시들어 버린 몸짓
고단한 생각들은 순간 속으로 잠겨
붉은 색채만 남겨놓는다

일찍 나온 저녁별 앞에서
먼저 뛰쳐나가는 세월의 무게

지평선 너머
기다리지 않는 어스름 따라
바람 소리 들릴 듯 말 듯
마른풀잎으로 남는다

다시 오지 않는 것들로 버려진 채
그리움만 배웅한다.

휴대전화를 바라보면서

하늘 가득 흐린 날엔

그대가

까똑까똑 안부 물어봐주면 어떨까

비 내리고

벚꽃 속절없이 떨어진 뒤

햇살 눈부신 날

아직은

벚나무에 시간이 매달려 있으면 좋겠다는

그래서

문득 보고 싶다고

커피 한잔 하자고

까똑까똑 문자를 남겨준다면 좋겠다

그대는

소식조차 없고

울리지도 않는 휴대전화

까독까똑

기다림 속에서 세월만 흘러간다.

11월

어제까진
여름인 줄 알았는데
어느 날 문득

길거리 여기저기
은행나무
잿빛 알몸 드러낸다

그 너머 끝
시간이 빛바랜
날 세운 하얀 그림자

그대로
머물지 않고
흔적도 없이 사라질.

봄비

바람의 행적 따라가다가
무심코 묻혀온 물보라 겨우내
잃어버린 속울음 다독이고 있을 때
내리다 내리다 숨어버린 그리움
부슬 부슬 여리고 여린 속울음
메마른 생강나무에 애처롭게 매달려
누가 볼세라 수줍은 새색시처럼 흘러내린다
마른가지 끝 꽃으로 피워진 눈물방울
흐린 들녘 적시며 그만 나른해져야 할 텐데
한참 소요했어야 할 걸음
봄이라고 불러보지 못한 채
왜 울고 가는 것일까

홀로 몸 풀어져 눕고 마는.

나 그대를

밤 열한시를 훌쩍 넘긴 시간
현관문 들어서자마자
눈꺼풀에 추를 달아 놓은 듯 곯아떨어질 때
드럼통 안에서 돌 굴러다니는 소리
당신, 당신이라서 참 좋다

조급한 출근 시간 앞에서
흐트러진 머리카락 가지런히 가다듬고
딸그락 딸그락 아침밥상 분주히 차리는 모습
젖은 그 손끝 잔가시 박힌 듯 까칠 거려도
당신, 당신이라서 참 좋다

아무리 힘들고 고달픈 삶이라 할지라도
서로 존중하고
서로 배려하며
서로 아껴주는 진실한 사랑
내 곁을, 네 곁을 살갑게 지켜주는
당신, 당신이라서 참 좋다

아침 창문 활짝 열면
언제나 싱그러운 바람이 불어오고
따스한 햇살이 비추는 것처럼
길지 않은 여정을 함께 걸어가야 할
따뜻하고 고마운 당신이 있어서

오늘도 내일도 죽는 그 순간까지 말하고 싶다
당신을 향한 사랑이 남은 삶 전부라고.

시선이 머무는 곳

축축이 젖은 바람결에 낙엽이 묻어들고
언제부터 시작되었을지 모를
놓고 가는 것들의 서글픔이 아른거린다

계절의 끝에서 서성이는 초록
더러는 아프다고
만산홍엽 길거리로 내려와
도시를 온통 갈색으로 물들여 놓을 때

살아 움직이는 추억을 소각한 채
버릴 수밖에 없는 기다림을 소염해도
시간을 부정하는 차가운 빗소리 따라
흠뻑 취해도 좋을 것을

세월너머 낮은 곳으로
수심 가득 가을이 떠나고 있다.

괄호

일정한 틀에 가둬진 감정
시공간 경계 넘나들다 길을 잃어버릴 때
서로 마주보는 그 자리
무수한 설명과 변명은 단순한 기호 속으로
침묵 속에 풀어 놓는다

고고한 척 환영을 가둬놓고
시상 하나쯤 주워들을까
공간 속에 맡겨버린 언어 속에서
잃어버린 꿈 찾아
선택한 공간 속에 스스로 묶어둔다

부서지는 오후 가을 햇살 따라
다가오는 길냥이가 긴 그림자 끌어 모으면서
앞발로 툭툭 건드려본다
그것도 모르냐고

어쨌든 혼자는 아닌 셈이다.

춘풍

하늘 한번 쳐다보고 풀어버린 겨울
성큼 겨울을 뛰어 넘어
눈이 부신 것이 이제야 잠 깨었나보다

찬바람 속에서도
강하게 꽃망울 틔우는 청매화
메마른 나무 가지 간지러운 듯
꼼지락꼼지락 잎보다 먼저 꽃을 피운다

꽃의 우두머리라 해서 화괴라고 하던가
꽃잎 가득 입 꼬리만 올린 채
말이 없다
부슬비가 내린다

안마당 화단 돌 틈사이로
파릇파릇 빼곡히 어우러진 노란 꽃
수선화가 기웃기웃 거릴 때
그래도 매화꽃 말이 없다

환장할 봄

달큼한 바람을 묵묵히 전할뿐.

이제는 내려놓을 때

어디로 흘러가는지 모를 미명 앞에서
힘차게 무릎 꿇어버린 속내
시간의 경계를 상실한 채
계절이 세월 밖으로 빠져나가려 한다

아직은 성근 햇살
갈대 허리 튼실해질 때
실눈 크게 뜬 찬바람마저 무슨 조화로
지나가려는 서릿발 몰고 오는 걸까

푸름을 잃어가는 들녘
세월을 묵묵히 품어낸 여름을
무심하게 바라보는 시간들
무상
망각
그리움조차 숨이 가빠온다.

시보다 멀리 가기를

박세현(빗소리듣기모임 준회원)

＊

　박홍우 시인의 시집 원고가 도착했다. 출판사를 경유한 메일에는 70여 편의 시가 들어 있다. 화면에 시를 꺼내놓고 시를 읽는다. 미디어가 다르면 시는 다르게 읽힌다. 나는 지금 당연한 얘기를 당연하게 말하고 있다. 동어반복이다. 시집 해설이라는 장르도 그렇다. 시인이 한 말을 받아서 다시 하는 말이 해설이다. 해설자의 본심과 해설의 본심은 꼭 같은 것은 아니다. 이해할 수 없다는

＊

말을 자주 쓰면 나이 들었다는 뜻이다. 내가 그렇다. 하루가 다르게 이해할 수 없는 일들이 눈앞으로 밀려온다. 무

엇보다 나 자신을 이해하기 힘들다. 세상은 불가해의 연속이다. 어떤 문학의 시선으로 보자면 세상의 모든 이해는 이해되지 않는 일이다. 이해는 누군가의 이해체계 속에 포함된다는 말이다. 좋은 게 좋은 거라는 체제내적 이해도 있고, 그건 아니지 하는 반체제적 이해도 있다. 누가 누구를 이해하는가. 기어를 변속하듯이 생각한다. 당신은 이해받고 있는가. 한 번 더 기어를 저단으로 바꾼다. 당신은 이해받는다는 착각 속으로 들어가고 싶은가. 이해한다는 듯이 시침을 떼면서 어떤 순간을 지나간다. 남의

*

시를 읽는 일이 꼭 그렇다. 시집 해설이라는 조연의 역할은 그런 작문을 연기하는 자리다. 그러니까, 해설이 '정확하다느니, 잘 썼다느니, 좋았다느니' 하는 후일담은 각자 도생적 착시에 다름아니다. 시인은 그런 너스레에 속지 않으려는 부류다. 시인은 그 순간만 시인이다. 나는 지금 박홍우 시인의 시편 앞에서 생각을 가다듬고 헛기침을 해대면서 텅 빈 객석을 내려다본다. 객석은 조명이 꺼져 있고 한 사람이 앉아 있다. 시집의 저작권자인 박홍우 샘이다. 무슨 판결을 기다리는 겸허한 자세다. 나는 그의 시를 잘 이해한다는 듯이 능청스럽고 음흉한 표정으로 키보드를 두드리며 시에 대해 떠들 것이다. 그러나 미리 말해두

지만 이 해설을 경유해서 박홍우 시인의 시를 더 잘 이해하고 싶은 독자가 있다면 이 단락에서 읽기를 중단하는 것이 좋겠다. 이 해설은 해설의 군더더기론에 충분히 기대고 있기 때문이다.

박홍우 시인의 시를 통독하면서 들어오는 생각은 시인이 자신의 진심을 혹은 삶과의 부대낌을 언어에 의탁하려는 순혈주의다. 순혈성은 순정, 순진, 순수의 바탕 위에서 있다. 나는 그것을 3순주의라고 정의해둔다. 방점은 순(純)에 찍힌다. 박 시인의 시 전편과 문체에 잡것이 덜 섞였다는 점, 사유의 너스레가 적었다는 점, 시쓰는 테크닉에 덜 오염되었다는 점을 단순화시켜 명명해보았다. 다시 타자하겠다. 통념의 잣대로 보자면 박 시인의 시는 문단 내부에 틈입되지 못하고 문단문학의 갓길을 제 걸음으로 가는 모습이다. 시인의 제 걸음은 앞서 말한 3순주의의 시적인 견인이다. 그것은 모든 시인이 자기 시를 잉태하고 출발시키는 근원적인 자리다. 박 시인만의 특징은 아니다. 시인들이 자신의 문학적 순수를 지키고 표방하는 방식은 저마다 다르고 저마다 틀리다. 박홍우 시인은 다소 고지식하게 다소 고집스럽게 다소 근본주의적으로 시를 쓰는 편이다. 난 몰라, 이렇게 쓸 거야. 일반화된, 정형화된, 고리타분한 시적 개성들을 한 귀로 듣고 한 귀로 흘리는 자

세가 박홍우의 시적 세계관이다. 시는 옳고 그름의 세계
가 아니다. 옳지도 않지만 그르지도 않은 어떤 무지의 세
계가 있다고 믿는 것이 다함없는 문학만의 세계다.

하루가 저물고
포근한 밤이 스미는데
오늘은 가슴 칠 일 없었으니
다행이라고 해야 할까

휴대폰 내려놓고
창가에 서서
오래 밖을 내다본다

아, 꿈이었구나.

언제나 그랬으면. 위에 복사해놓은 시의 제목이다. 이 시
는 조용하게 가슴에 닿는다. 물론 안 닿는 독자도 있을 테
다. 닿는다고 느끼고 그렇게 문장을 적는 독자는 해설 배
역을 맡은 필자의 이해다. 특별한 시적 메시지를 전하는
편도 아니고, 그렇다고 골똘히 숙고한 느낌을 주는 시도
아니다. '창가에 서서/오래 밖을 내다보'는 시적 주인공을
오래 들여다볼 뿐이다. 해설자도 무슨 해설인가 덧붙여야

겠는데 잘 말이 떠오르지 않는다. 이 시의 자아가 해설자가 아니고, 해설자 역시 이 시의 인물이 아니기 때문이다. 이해한다는 말은 그러므로 교만한 자기 판단이다. 해설은 무슨. 해설, 설명, 논리, 소통, 이해와 같은 말은 허구적인 세계에 대한 환청이다. 사태는 너무 풍부하고 언어는 너무 미약하다. 위의 시에서 내가 머문 대목은 한 행을 띄운 자리에 놓여 있는 '꿈'이라는 각성의 목소리다. 사람은 각자 꿈을 살아내고 있다. 언어도 꿈이다. 꿈이 꿈인 줄 알면 꿈에 속지 말아야 한다. 시인은 '아, 꿈이었구나'라는 영탄으로 생각을 결론짓는다. 이 대목을 읽으면서 해설자도 '아, 시였구나'하고 안도한다. 이런 대목이 이 시의 흡인력이 아닐까. 잘 쓴 시 혹은 너무 좋은 시가 미처 건드리지 못한 생의 후미진 구석이 솔직한 표현을 통해 얼굴을 내미는 장면이다.

자기의 삶을 꿈으로 읽게 되는 시인의 내면에는 가슴 치며 살아야 했던 시인만의 삶이 있었을 것이다. 이 시집의 정서적 기저 질환은 또렷하지 않지만 증상을 담보한 문자만은 또렷하고 항시적이다. 마치 기침과 발열을 동반하는 증상처럼. 시집 전편에서 표현되고 있는 고열의 그리움과 속울음은 명사였다가 형용사였다가 동사로 움직이기도 한다. 시 속에는 시인이 겪었을법한 화해롭지 못한 헤어짐의 징후들이 곳곳에 박혀 있다. 헤어짐이라 성급하게 말했지만 해설자는 그것을 그것이라고 못박고 싶지는 않다. 그렇게 이해하는 것은 해설자가 가진 의식의 한계다. 이러한 마음의 움직임이 수사학 없이 스트레이트로 표현된 시를 인용한다. 시인의 결핍과 상실의 근원이 응집된 시다. 공소권 없는 단정이다. 제목은 「휴대전화를 바라보면서」이다. 시를 보자.

하늘 가득 흐린 날엔

그대가

까똑까똑 안부 물어봐주면 어떨까

비 내리고

벚꽃 속절없이 떨어진 뒤

햇살 눈부신 날

아직은

벚나무에 시간이 매달려 있으면 좋겠다는

그래서

문득 보고 싶다고

커피 한잔 하자고

까똑까똑 문자를 남겨준다면 좋겠다

그대는

소식조차 없고

울리지도 않는 휴대전화

까똑까똑

기다림 속에서 세월만 흘러간다.

휴대전화를 바라보면서

  시 스스로 자신을 해설하고 해석하고 있다. 이 시가 좋은 시냐고 묻는다면 나는 잠시 생각하고 대답하겠다. 그러기 전에 좋은 시가 어떤 거냐고 되물어보겠다. 다소 뻗대는 질문이지만 실제로 나는 좋은 시에 대한 답을 가지고 있지 못하다. 좀더 어깃장을 놓자면 좋은 시를 알고 있는 독자를 나는 언제나 의심한다 그래서 시는 좋은 시, 덜 좋은 시가 아니라 시 쓰는 사람이 겪는 '정서적 판단의 과정'이라고 생각한다. 읽는 장르가 아니라 쓰는 장르일 때 시는 쓰는 사람 당사자에게 충일한 창작감을 돌려준다. 시를 쓰면서 열일할 때, 그럴 수밖에 없을 때, 그것이 아니고는 자신의 몸살/마음살을 다스릴 수 없을 때 시는 시를 쓰는 이의 진정스런 시가 된다. 박홍우의 시쓰기도 이 근방에 머무는 자기 헌신이다.

  박홍우 시인의 그리움과 상실감 속에는 지나간 시간, 고향에 대한 손닿지 않는 기억이 포함되어 있다. 고향을 회상하고 있는 시는 농촌에서 유년기를 보낸 세대들을 공감시키는 구체적인 힘이 있다. 가령, 지금 지하철을 무료로 탈 수 있는 축들. 고향은 그 내포개념을 다 털려버린 말이지만 어떤 이들의 관념 속에는 여전히, 더욱 원본보다 더 뽀샵 처리된 환타지를 제공한다. '달빛 하얗게 내려앉는 밤/다랑이 논길 걷는다/벼이삭 줄기 따라/밤이슬 구르고/개구리 울음소리 애간장 녹일 때/문득 아련한 추억이/촘촘한 그물에 걸린다/호롱불 아래 마을 친구들/달궈진 구들장 등에 짊어진 채/밤새도록 도란거리다/부추호박전에 막걸리 몇 순배/젓가락 장단 두드려가며/흥에 겨운 노래 가락에 빠져든다/무심한 달빛/뚝뚝 떨어지는데/마닐마닐한 고구마/동치미 국물에 신 김치 곁들여 먹던/가슴 써레질하는 고향/그립다 그 맛.' 지면을 아끼려고 시의 원문을 행 구분 없이 붙여놓아서 시가 가진 여백의 맛은 사라졌지만 그래도 농촌마을이 보이는 듯 하고 들리는 듯한 실감이 있다. 박홍우 시편 가운데 문장의 선명도와 속도감이 단연 잘 협력한 시다. 여기까지 좇아오면서 리딩한 독자가 있다면 그를 위해서 팁을 적는다. 사은품에 해당하는 문장이다. 요점은 시집의 해설을 읽지 말라는 것. 해설을 읽고 시를 더 잘 이해하게 되었다는 말처럼 서글픈 이해는 없다. 지금 나는 박홍우 시인의 시를 해설하고 있지만 쓰고 있는 나조차도 나의 해설조에 설득당하지 못하고 있는 형편이다. 해설은 해설 자신의 적폐다. 그래서 나는 억지로 나의 해설에서 도망치려 애쓴다. 마치 해설이 아니라는 듯이 손을 저으면서. 이쯤에서 해설 무대의 저 밑에 자신의 시처럼 조용히 앉아 있는 박홍우 시인을 불러낸다. 무대 위로 올라오세요.

*

나는 의자를 시인 앞으로 내밀어 준다. 시인은 무대로 올라와 내가 밀어준 의자에 앉는다. 예나 지금이나 박홍우 시인은 공손하다. 오랜만이군요, 내가 인사를 건넨다. 시인은 아메리카노 두 잔을 들고 왔다. 모든 건 이렇게 정시 도착이다. 시인과 마주앉아 급조된 면담을 하는 동안 시인과 해설자는 우리가 된다. 나는 이것저것 묻는다. 그는 주섬주섬 대답한다. 이해의 통로는 다르지만 그런대로 서로 고개를 주억거리며 각자 소망하는 이해에 이른다. 구미식 어법으로는 야스, 야스가 자주 사용되고 서로 호응한다. 요즘 어떻게 지내세요? 내가 묻는다. 하던 일 그대로 하고 있습니다. 시인이 답한다. 원주시 흥업에 재건축하기로 한 건물은 착수하셨나요? 우한 폐렴 시절이라 착수가 연기되고 있습니다. 그렇군요. 건물 지으면 방 하나 준다던 약속은 아직 유효합니까? 그렇습니다. 통일 되기 전에 거기서 커피를 마시며 백운산 뷰를 느낄 수 있길 바랍니다. 그런 날 올 겁니다. 걱정 마십시오. 걱정하겠습니다. 첫시집은 『온종일 바람 속에서』였지요. 소규모 레이블

인 오비올 프레스는 시집 제목을 잘 뽑습디다. 시인은 밝은 얼굴로 마음을 열었다. 이번 시집은

*

두 번 째인데 부지런하십니다. 그럴려고 애씁니다. 시 쓴 건 많지만 그게 시가 되는지는 자신이 없습니다. 자신이 없다는 태도를 잃어버리지 말아야 합니다. 자신이 생기면 기성 시인이 됩니다. 기성은 기성복과 다르지 않습니다. 누가 입어도 그럴 듯한 패션이 되는 거 잖아요. 박홍우 샘의 그런 망설임과 의구심을 지지합니다. 자기를 시인이라 생각하는 시인도 많은데 박홍우 샘의 혼란은 시를 쓰는 힘이 될 겁니다. 결국 그게 삶의 힘줄이 되겠지요. 판박이 질문이지만 박 샘은 사업가이기도 한데 사업과 시업 중 어느 게 더 어렵습니까? 솔직하게 말해도 됩니까? 시인이 말했다. 그러세요. 솔직하게 말하자면 사업이 어렵습니다. 돈 버는 일 치고 쉬운 일이 어디 있겠습니까. 이 대목에서 시인은 자신도 모르게 차오르는 웃음을 참지 않았다. 성공한 사업가의 내밀한 웃음이다. 시인은 이어서 말했다. 이 자리는 시집의 뒤풀이 지면이고 자리가 자리인지라 사업보다 시업이 어렵다고 말하는 게 업계 관행에 어울릴 것 같습니다. 그렇지요? 시인이 해설자인 나에게 되물었다. 나는 잠시 정전 상태였다. 정신 차리면서 나는 대답했

다. 시업과 사업 어느 분야에 방점을 찍어도 답은 같습니다. 사업자는 사업만 고민하면 되고, 시업자는 시업만 고민하면 되지만 둘을 겸업할 경우에 생기는 균열이 문제일 겁니다. 그렇습니다. 시인은 좀 더 편한 표정으로 대답했다. 해설자 배역을 맡은 내가 이 질문의 여백을 마감했다. 오르테가 이 가세트는 '영웅이란 자기 자신이 되고 싶어 하는 사람'이라고 했습니다. 시인들의 꿈도 이와 다르지 않을 겁니다. 제가 이번에 메일로 전송된 박 샘의 시를 읽는 동안 나의 전두엽을 지나간 생각입니다.

*

　시같지 않은 시를 읽어주셔서 고맙습니다. 시인은 계면쩍은 말을 꺼냈다. 해설자도 쓸데없는 말을 주절거렸다. 그 말씀이 겸손을 가장한 말이 아니길 바랍니다. 무슨 뜻인가 하면, 시같은 시가 너무 많아서 어지럽다는 말입니다. 그보다는 시같지 않은 시가 시의 윤리성에 부합됩니다. 제가 퇴직한 지 꽤 되었는데 아직 등뒤에 칠판을 지고 있다는 착각을 하고 있군요. 시의 윤리성은 시의 존재 자체를 궁구하는 태도입니다. 대개는 이런 게 시라는 관념을 반복하잖아요. 전국노래자랑, 가요무대, 열린 음악회, 스페이스 공감, 홍대 인디 밴드와 같은 시들이 수두룩하지요. 박 샘은 공감하시는지요? 제 보기에 이 다양성은 그러나 같은 통속이지요. 30호 가수는 '틀을 깨는 가수라는 틀에 갇히고 싶지 않다'고 말했습니다. 그래서 하는 말인데 박 샘의 '시 같지 않은 시'라는 말은 늘 따옴표 속에 넣고 강조해야 한다고 봅니다. 물론 저도 지금 밑줄 긋고 있습니다. 그러고 보니 옛날에 흥업에서 시수업 하던 생각 납니다. 시인이 말했다. 나도 모르게 나는 맞장구를 치고 있었다. 수업 끝나고 흥업사거리 버스정류장 의자에 앉아 있던 초가을 그 바람결이 떠오르는군요. 이럴 게 아니라

*

박홍우 시인의 시얘기를 좀 합시다. 그냥 두세요. 옛날 흥업시절이나 얘기하시지요. 그게 더 흥미롭습니다. 그래도 이건 해설 자리인데요. 저 앞에서 박 샘의 3순에 대해 이미 말해두었지만 여전히 그 점은 강조되어야 할 점입니다. 자신의 결핍과 상실감을 주로 자연친화적인 사색을 통해 다스리고 있더군요. 꽃이나 풀과 같은 자연물들이 박 샘의 시세계를 부드럽게 만들어주더군요. 오이도나 제주도 시편들이 있기는 했지만 그럼에도 불구하고 대부분의 시적 배경이 강원도 원주시 흥업을 중심으로 이루어진다는 감을 받았습니다. 시집에서 목소리가 다른 시 한 편을 읽어봅시다. 박 시인이 직접 읽어주시겠습니까?

누군가 요즘 어떻게 지내냐고

물어온다면

느려지고 있다고

아주 조금씩 천천히 허물어져 간다고

그래서

느려지는 것과

허물어지는 것들 사이에서

아주 서서히 친해지고 있다고

그 누구는 남고

그 누구는 사라지면서

변해가는 것들과

변해버린 것들 사이에서

아직은 살아있다고

그걸로 삶은 충분했다고.

제목 생각나십니까? 그럼요. 해설용 텍스트를 읽으면서 나는 이 시가 마음에 닿습디다. 머, 저는 그렇게 읽었다는 말이지요. 해설이라는 게 아무래도 문학적 주례사라는 거 문학판이 합의하고 있잖아요. 해설은 심사하는 자리가 아닙니다. 제가 「오늘도」를 긍정적으로 읽은 소이가 있다면 박 샘 어법으로는 거의 '시같지 않은 시'이기 때문입니다.

시에 대한 '평균적 이해'(하이데거)를 내려놓고 시와 상관없이 쓴 시라는 인상을 줍니다. 그것은 중년에 대한 자기 인식이기도 하지만 그보다는 시를 대하는 고리타분한 문법과의 작별이라는 점을 강조하고 싶군요. 너무 골똘한 시들, 너무 아름다운 시들은 무언가에 속고 있는 거지요. 무언가는 이데올로기입니다. 문자와 생각과 고정된 관념이 모두 이데올로기잖아요. 스마트폰 없이는 살아도 이데올로기 없이는 살 수 없습니다. 흔히 말하는 좋은 시, 잘 쓴 시라는 관념은 얼마나 뻔합디까? '시는 이런 거야'라는 상식에 종사하는 시들이 거개이지요. 박 샘의 시는 그런 해설용 시들은 아닌 것. 샘의 시에 드리워진 두 가지 키워드는 그리움과 고향에 대한 이데올로기였습니다. 두 가지는 사실 같은 개념이군요. 그립다는 것은 결핍이자 상실일 것이고 그래서 다시 시인의 언어로 환원하면 '속울음'이 될 겁니다. 상실의 대상이 사람이든 고향이든 근원적 정서이든 지금 시인 곁에 없다는 사실만 분명합니다. 그리움은 내 안에 없는 대상을 상상하는 말이지요. 해설이 끝나갈 즈음이니까 하는 말인데요, 그리움은 거의 죽은 말이지요. 그 말을 철학적으로 바꾸면 욕망이겠지요. 욕망은 없는 것을, 불가능을 꿈꾸는 힘입니다. 죽을 때까지, 죽어서야 정리되는 것이 욕망이랍니다. 다시 말해 박 샘이 붙잡고 있는 그리움의 정체가 그렇다는 뜻입니다. 「오늘도」는 결핍과 상실감으로 울컥거렸던 시인의 속울음을 결과적으로, 자연스럽게, 시적으로, 필연적으로 꿰매어 붙입니다. 완성된 시가 아니라 시쓰는 과정에서 만나는 보람이자 희열일 겁니다. '누군가 요즘 어떻게 지내냐고/물어온다면'이라는 가정법에는 '이팝꽃 활짝 핀 오월의 아침/오늘을 죽도록 사랑해야겠다' (「허망」)로 응답하더군요. 박 샘의 시로는 드물게 강한 작심의 선언입니다. 박 샘이 쓴 시가 박 샘에게 무언가를 되돌려주는 순간입니다. 시적이지만 시를 벗어나서도 달라질 게 없는 순간입니다. 해설자는 '이제는 내려놓을 때'에서 '이제'를 '어제'로 고쳐 읽지만 '나갈 수 없는 초인종을 다시 누르'(「열쇠」)고 있는 시적 주체의 운명적 반복 아니 반복되는 운명을 마주치게 됩니다.

*

 박홍우 시인의 해설은 좀 모순적인 형식으로 진행되었다. 가운데 부분에 시인과의 작위적인 면담 내용이 포함되어 있어서다. 여기까지 읽은 독자는 (없겠지만) 약간 당황스러울 것이다. 지면 관계상(지면 제한은 없지만 그래도) 이쯤에서 결론을 맺으려고 하니, 이런! 결론이 없다. 사실을 말하자면, 결론을 그럴 듯 하게 써놓으면 약은 독자는 결론만 슬쩍 읽고 본론을 안 읽는 경우도 있다. 그런 독자를 유념하면서 결론은 생략한다. 혹시 언택트가 해제되면 직접 박 샘의 시에 대해 여기 쓰지 못한 말씀을 재론할 수도 있을 것이다. '몸살'난 박 샘의 그리움에 대해서, 적막을 견디는 '허수아비'에 대해서, '햇살 한 자락 목에 두른 누군가'에 대해서, '겨울밤 고구마 익는 냄새'에 대해서, '바닷물이 짠 이유'에 대해서 더 할 얘기는 남아 있다. 시는 다 말 하고도 끝내 남는 무엇이라고 나는 정의한다. 추신 하나: 박 샘한테 한대수 산문집을 빌렸는데 돌려주지 못했군요. 추신 둘: 이 원고는 우한 폐렴 3차 대유행 시기의 방역 수칙을 지키며 작성되었고, 전송 과정에 비루스 감염이 걱정되니 참고.

올레, 그 여자

2021년 3월 10일 초판 1쇄 인쇄
2021년 3월 20일 초판 1쇄 발행

——

지은이 박흥우
펴낸이 강송숙
디자인 디엔더블유
인 쇄 디엔더블유
펴낸곳 오비올프레스

——

ISBN 979-11-89479-06-0

——

출판등록 2016년 9월 29일 제 419-2016-000023호
주   소 (26478) 강원도 원주시 무실새골길 52
전자우편 oballpress@gmail.com